"책 속에

"삶에 있어 가장
　　　라는 선인의 말씀이 있습니다.

네이버와 작은도서관만드는사람들이 드리는
「가장 소중한 선물」인 이 책을 「가장 소중한 사람」과
돌려가며 읽으시기 바랍니다.

읽으신 후　**NAVER**「책읽는버스」
해피로그
http://happylog.naver.com/readersclub.do나
「작은도서관만드는사람들」홈페이지
(www.readersclub.or.kr)에 소감을 남겨주시면
따뜻한 격려로 오래도록 기억하겠습니다.

사랑하는 사람에게
주고 싶은 책

오늘의작은책 2-8

사랑하는 사람에게 주고 싶은 책

1판 1쇄 발행일 | 2007년 11월 28일

1판 2쇄 발행일 | 2008년 04월 15일

엮은이 | 윤 영
펴낸이 | 최순철
펴낸곳 | 오늘의책
총무부 | 한상희
디자인 | C&C

주소 | 서울시 마포구 합정동 412-26호
전화 | 322-4595~6
팩스 | 322-4597
전자우편 | tobook@unitel.co.kr
홈페이지 | www.todaybook.co.kr
출판등록 | 1996년 5월 25일(제10-1293호)

ISBN 978-89-7718-133-5 04800
　　　 978-89-7718-131-1 (세트)

사랑하는 사람에게
주고 싶은 책

윤 영 엮음

글머리에

    다람쥐 쳇바퀴 돌듯 일정한 틀에 박혀 바쁘게 살아가는 동안에 우리는 사랑하는 방법을 잊어버린 것은 아닐까요? 그러나 우리는 사랑이 우리의 행동을 조심스럽게 하고, 우리의 밝은 미래를 만들어 준다는 것을 가끔씩 생각해 보아야 할 필요가 있습니다. 우리가 우리 자신과 함께 다른 사람들을 사랑할 때, 우리는 조급히 서두르지 않으며 혼란스러움을 느끼지 않습니다.

    사랑은 순간순간 우리에게 사람의 올바른 모습과 생기를 가져다 줍니다.

끊임없이 되풀이되는 삶 속에서 누군가의 사랑을 받고 있음을 느낄 때, 우리는 우리 자신과 그들의 소중함을 생각하며, 때로는 고통스러운 순간에서조차도 새로운 사랑을 할 수 있는 용기를 얻게 됩니다.

우리에게는 차분하고 편안한 마음으로 깊이 생각할 수 있는 시간이 필요합니다. 낮 동안의 분주한 움직임이 마음의 평화를 깨뜨려 놓을 때는, 잠시 하던 일을 멈추고 약간 자유스러운 자세로 우리가 사랑하는 사람들을 지켜보는 것도 좋을 듯합니다. 그리고 그들을 보며 우리는 우리를 사로잡고 있는 것이 무엇인지, 우리 삶에 주는 것들이 무엇인지를 생각해 보아야 합니다.

　사랑한다는 것은 모든 사람들에 대한 이해를 넓히는 것이며, 때로는 우리의 자만심을 어느 정도는 버리게 하는 것이기도 합니다. 그것이 우리의 마음에 언제나 간직되어 있지는 않을지라도, 우리가 다른 사람들을 사랑할 때 스스로 좀더 겸손해지고 건전해져서, 좀더 적은 자만심을 갖게 되는 것입니다.

　우리의 마음은 때로는 소리 없이 평온함을 요구합니다. 우리가 만일 아무리 사소한 이야기일지라도 관심을 기울이고, 다른 사람들의 마음으로부터 오는 소리를 들을 수 있다면, 사방으로 가득 찬 공간에서 보다 평화로운 하루를 시작할 수 있을 것입니다.

이 책은 틈틈이 읽은 책에서 좋은 문구들만을 메모해 놓았던 것인데, 그 중에서 사랑에 관한 내용들만을 모아 정리한 것입니다. 사랑이란 무엇인지, 사랑의 의미에 대해서 다시 한 번 생각해 보는 좋은 계기가 되기를 바라며, 가슴과 마음으로 느끼는 아름다운 사랑을 할 수 있기를 바랍니다.

우리의 눈에 잘 보이지는 않지만

사랑은 항상 우리와 함께 있습니다.

갈매기의 울음 속에서

멀어지는 마지막 잎새를 뒤쫓는 바람 속에서

어린아이들의 속삭임에서

사랑의 소리를 듣습니다.

동물 모양의 뭉게구름 속에서

수십 년 묵은 고목에서

주름이 깊게 진 할머니의 얼굴에서

사랑의 의미를 찾습니다.

한아름의 이름 모를 들꽃에서

손바닥 가득 떠올린 맑은 시냇물에서

그윽한 사랑의 향기를 맡습니다.

비에 씻긴 신선한 공기에서

가을날 포도(鋪道) 위에 겹겹이 쌓인 낙엽에서

사랑을 느낍니다.

사랑은 언제나 우리 곁에 있습니다.

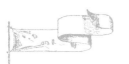

차례

사랑이 당신에게 손짓할 때 그때는 그 길을 따르라.

비록 그 길이 멀고 험하다 할지라도……

첫
번
째
이
야
기

진정한 사랑은 자유로운 사랑

사랑은 어느 순간에도 감미로운 삶의 신비입니다.
사랑은 기적과 같은 것입니다. 삶의 온갖 형상을
새롭게 변모시키는 사랑은 알 수 없는 오묘함입니다.
사랑은 소중하고도 감미로운 삶의 신비입니다.

우리의 삶은 우리의 이웃과 더불어 사랑을 나눔으로써 한껏 펼쳐집니다. 그러므로 우리는 서로 이해해야 하며, 마음속에 남아 있는 의혹이 서로의 애정 속에서 쉴 자리를 찾을 수 있도록 도와 주어야 합니다.

오늘 우리가 나와 같은 길을 가는 벗들에게 보낸 따뜻한 미소나 편지나 안부 전화는 우리 앞에 놓여 있는 수많은 시간들을 통해 때때로 우리들의 비틀거리는 발걸음을 바로잡아 줄 것입니다.

우리가 다른 사람들의 기쁨이나 괴로움에 마음을 써 주고, 함께 나누려고 할 때마다 우리들 각자의 행복은 더욱 커지게 됩니다. 그리고 우리가 그들에게 아낌 없는 사랑을 베풀 때, 우리 또한 사랑받고 있음을 가슴속 깊이 느끼게 될 것입니다.

　　　　　자기 자신이 행복해지기
를 바라는 것은 지극히 정상적이며 자연스러운
일입니다. 현재와 미래의 직업이나 친구와의 관
계, 소망하는 것을 이루기 위한 우리들의 계획과
선택, 그리고 꿈들은 거의 대부분 우리 자신의 행
복을 추구하기 위해 세워지고 결정되어 왔습니
다.

행복해지기를 바라는 것은 결코 잘못된 일이 아
닙니다. 그렇지만 이기적인 목적을 가지고 자신
만을 위해 다른 사람들을 이용한다거나 그들을
불행하게 만들면서까지 자신의 행복을 구한다면,
마침내는 매우 비참한 종말을 맞이하게 됩니다.
우리가 우리를 전혀 생각하지 않고 누군가 다른

사람의 행복을 위해 절실하게 기도할 때, 뜻밖에
도 가장 큰 행복이 우리에게 찾아오는 것입
니다.

우리는 서로에게 좀더 많은 사랑의 표현을 요구합니다. 그러면서도 우리는, 우리들 스스로가 먼저 소중한 사람들에게 사랑의 표현을 함으로써 우리가 그토록 느끼고 싶어하는 사랑을 느낄 수 있다는 것은 모르고 있습니다.

그리고 사랑은 낯선 사람이 낯선 사람에게, 친구가 친구에게, 연인이 연인에게, 부모가 자식에게 자주 표현할수록 더욱더 커지는 것입니다. 또한 그로 인해 모든 사람들이 사랑의 혜택을 받게 됩니다.

사랑을 이루기 위하여 노력하는 동안에 우리는 상대방을 소유하고 싶은 욕망을 느낄 수도 있겠지만, 그의 영혼까지 소유할 수는 없습니다. 그러므로 설사 홀로 남겨진다는 두려움을 느끼더라도 상대방이 자신을 찾아 떠나는 여행길을 막지 말아야 합니다. 만약 우리가 그 누군가를 부끄러운 마음이나 죄스러운 마음, 불쌍하게 여기는 마음으로 우리 자신에게 묶어 놓는다면, 우리가 간절히 바라는 행복은 결코 발견할 수 없을 것입니다.

진실한 사랑으로 이어지는 단 하나의 길은 오직 자유로운 사랑에 있는 것입니다. 덫에 걸린 나비가 자신의 빛을 잃어버리고 마침내는 생명까지도 잃게 되는 것처럼 사랑하는 사람에게 묶여 있는 사람 또한 묵묵히 사랑의 종말을 기다리게 됩니다. 각자 다른 길을 가더라도 같은 길을 가는 것처럼 느끼는 것은 서로의 관계를 더욱 생기 있게 만들어 줍니다. 우리는 새롭게 생각해 낸 의견과 바람직한 희망들, 그리고 보람 있는 경험들을 함께 나눌 때 서로의 관계가 훨씬 부드러워진다는 사실을 가슴속 깊이 새겨 두어야 할 것입니다.

친구란 당신이 편안하게 마주할 수 있는 사람입니다. 그의 앞에서 당신은 당신의 영혼을 전부 드러내 보일 수 있고, 그 또한 당신의 솔직한 모습을 보기 원하며 당신 본래의 모습에서 더 나아지거나 더 못해지기를 원하지 않습니다.

친구와 함께 있으면, 당신이 진실한 이상 당신의 모든 생각을 말할 수 있습니다. 그는 다른 사람들이 당신을 오해하게 만드는 당신 본성이 지닌 모순을 이해합니다. 그와 함께 있으면, 당신은 형식에 얽매이지 않고 자유로울 수 있습니다. 당신은 당신의 마음속 어느 한 부분을 차지하고 있는 허영과 질투, 증오와 비열함과 어리석음 등을 보임으로써 그의 진실하고 순결한 대양 속으로 용해될 수 있습니다.

그는 당신을 이해하고 있습니다. 당신은 그의 앞에서 조심스럽게 행동할 필요가 있습니다. 무엇보다도 당신은 아무런 말 없이 침묵 속에서도 어색해 하지 않고 그와 함께 있을 수 있습니다.

그는 당신을 좋아합니다. 그는 마치 모든 것을 불살라 버리는 불꽃과 같습니다. 당신은 그의 앞에서 마음껏 울 수도 있고, 함께 노래하고 웃고 기도할 수 있습니다. 그는 당신의 외면과 내면 모두를 사랑합니다.

친구란 당신이 자연스럽게 대할 수 있는 그런 사람입니다.

우리에게 있어 매우 소중한 누군가가 우리를 사랑한다는 것을 생각할 때, 우리는 모르는 사람들 사이에서도 외롭거나 낯선 느낌을 받지 않습니다. 그리고 우리가 진심으로 좋아하는 사람들과 함께 있을 때에는 새로운 모험이나 처음으로 하는 비행기 여행, 새학기의 첫날 또는 새롭게 만나는 상사조차도 우리의 마음을 불안하게 만들지 않습니다.

이렇듯 사랑은 의혹에 찬 마음과 떨리는 가슴을 진정시켜 줍니다.

인생의 긴 여정이란, 둘이서 가든 혼자서 가든 적어도 반 이상은 오르막길이라는 것을 우리는 반드시 알아 두어야 할 것입니다. 우리는 또, 부족함이나 흠이 없는 확실한 발전을 하기 위해서는 그 인생길에 어느 정도 험한 길이 있어야 한다는 것도 알아 두어야 합니다. 사랑을 위한 노력은 반드시 가치 있다는 것, 그리고 사랑을 위한 노력이 참아 내기가 어려울 만큼 괴롭고 아무런 희망 없이 암담하더라도, 그럴수록 우리는 더욱더 사랑해야 한다는 것을 믿어야 합니다.

당신을 알기 전에는 당신이 어떤 모습을 하고 있어야 하고, 어떤 것에 관심을 갖고 있으며, 어떻게 행동하고 말해야 하는지 미리 생각해 둔 바 있었고, 당신의 편에 서서 나 자신을 바라보기도 했습니다. 그리하여 내가 만든 당신과 나는 멋진 외모와 근사한 취미를 가진 훌륭한 한 쌍의 남녀였습니다.

하지만 당신과 알게 된 지금 모든 것이 달라졌습니다. 그러나 당신이 내 생각에 부합되지 않음을 깨닫고 실망을 하면서도 여전히 당신을 사랑하고 있는 내 자신이 놀랍게 여겨질 때도 있습니다.

이 얼마나 이상한 일입니까? 내가 나 자신에게

당신에 관해 설득을 하고 있으니 말입니다. 당신이 사랑할 만한 사람이라는 것을 나 스스로 확인이나 하려는 듯 당신의 긍정적인 면을 하나하나 열거하고 있으니 말입니다.

때로는 이런 생각도 해봅니다. 내가 당신을 변모시키려고 할 경우, 당신은 더 이상 당신 자신이 아닌 생기 없는 초상화로 변해 버려 내게 아무런 행복감을 주지 못할 것이라고. 내가 온갖 잔상(殘像)을 완전히 떨쳐 버리고 당신을 새로운 눈으로 바라보게 될 날이 분명 찾아올 것입니다.

그때가 되면 당신의 진정한 아름다움을 발견할 수 있을 것입니다.

내 곁에서 숨쉬고 있는 당신이 어떤 영상이나 초

상화보다도 한층 아름답다는 사실을 나는 깨닫
게 될 것입니다.

당신은 내가 마음을 기대 이상으로 빨리, 그리고 기대 이상으로 활짝 열어 주기를 바라고 계십니까? 그러나 내 능력으로는 불가능한 일입니다. 더딘 성장의 법칙을 무시하고 중요한 단계 몇 개쯤은 뛰어넘을 수 있겠지만, 영원히 존속하고 참된 깊이에까지 이르려면 그 어떤 것이든지 유기적(有機的)으로 서서히 성장해야 하는 법입니다.

어떤 사람이 작은 나무 한 그루를 심었습니다. 그런데 나무가 빨리 자라지 않자 빨리 자라게 하려고 나무에다 도르래를 설치했습니다. 그가 도르래에 힘을 가하는 순간 이제 막 흙 속에 자리를 잡고 나무에 영양분을 공급하던 뿌리가 뽑혀 올

라와 나무는 그만 시들어 죽고 말았습니다.

우리는 사랑이 견고해지려면 나무처럼 서서히 성
장해야 한다는 것을 알아야 합니다.

사랑을 나누어 줄 대상
– 어린이든 다정한 벗이든 연인이든 집에서 키우
는 동물이든 – 이 있을 때, 우리는 날마다 친밀감
을 느끼고 애정을 나누며 자신의 가치를 확인할
시간을 얻게 됩니다. 그러나 사랑을 나누어 줄 대
상이 있다는 것이 우리가 필요로 하는 행복의 전
부는 아닙니다. 우리에게는 반드시 미래를 향한
꿈과 그것에 걸맞는 목표가 있어야 합니다. 그러
나 만일 우리가 꿈꾸는 모든 것들이 다 갖추어진
다면, 우리의 꿈은 그 광채를 잃을 것입니다. 더
욱이 우리가 이루어 놓은 일들이 헛된 것으로 여
겨질 때, 우리는 우리가 창조해 낸 것들에서 기쁨
을 느끼지 못할 것입니다.

어떤 사람이 사랑을 받으려 하지 않고 주려고만 한다면, 그 사람은 사랑스러운 존재가 되며 마침내는 사랑을 받게 될 것입니다.

자신에 대한 깊은 관심과 집중은 자아를 소외시키고 오히려 더 깊고 고통스러운 고독을 가져올 뿐이라는 것은 우리의 생활 속에서 변하지 않는 법칙으로 작용합니다. 자기애가 계속될수록 우리는 더욱 고통스러운 심연 속으로 빠져들게 되며, 받기만 하는 사랑을 통하여 고독을 떨쳐 버리려고 하면 할수록 그 고독은 더욱더 깊어지는 것입니다.

우리의 지나친 이기주의로 이루어진 이 나쁜 습

관을 깨뜨리는 단 하나의 방법은 더 이상 자아에 관심을 두지 말고, 남에 대해 관심을 가지기 시작하는 일입니다. 정신의 중심을 자아로부터 다른 사람에게로 옮기는 데는 일생을 통한 노력과 헌신이 필요합니다. 또 남을 자기 자신보다 먼저 생각해야 하기 때문에 더욱 어려운 것입니다. 우리는 우리 자신의 욕구충족만을 생각하지 말고 다른 사람을 배려하여 행동하는 법을 배우도록 해야 합니다.

사랑에 대하여 이미 많은 얘기가 있어 왔고 지금도 하고 있지만, 진실한 사랑이란 자기의 이익을 생각하지 않고 자신을 잊는 것, 즉 자기를 헌신하는 것입니다. 사랑이라는 말의 뜻도 잘 알지 못하면서 아무 생각 없이 이 말을 쓰거나, 또 남을 조금도 사랑할 줄 모르면서 사랑이란 말이 의미하는 바를 역설하는 사람을 시험해 볼 수 있는 가장 좋은 질문이 있습니다.

그것은 '당신은 진정으로 당신 자신을 잊어버리고 타인에게 헌신할 수가 있는가?' 라는 것입니다.

때때로 우리는 자기의 욕구를 충족시키면 그것을

사랑이라고 말하기도 하며, 또 한편 진정으로 사랑하지 않으면서도 다른 누군가를 위해 무엇인가를 해주기도 합니다. 진정한 사랑인가, 아닌가를 알아 내는 시금석은 언제나 우리가 얼마나 우리의 이익을 돌보지 않고 자기 자신을 잊을 수 있느냐 하는 것입니다.

우리가 반드시 해야 할 일이 있다면, 그것은 사랑을 베푸는 일입니다.

우리가 우리 자신이 아닌 다른 사람들을 사랑할 때, 우리는 외부로부터 오는 것이 아닌 우리의 내부로부터 솟아나는 위대한 사랑을 느낄 수 있습니다.

나는 사랑이 무엇인지 잘 알고 있는 것처럼 말하지만 실은 잘 모르고 있습니다. 진정한 사랑이란 어떤 것인지 알고 싶습니다. 깊은 신비 속에 숨은 무한한 사랑의 위대함을 알고 싶습니다.

고통 없는 즐거운 사랑을 생각하는 나에게 어려움을 인내할 수 있는 그런 사랑이 다가옵니다.

사랑에는 지나치게 이기적인 요구와 자기 연민을 뿌리째 뽑아 버리는 태도가 필요하다고 합니다. 이러한 사랑의 필요조건을 알고 싶습니다. 실속 없는 표면적인 사랑에 머물러 있고 싶을 때 자신을 송두리째 휘어잡는 사랑이 필요하다는 것을 알고 싶습니다.

사랑은 온 인류를 품어 안을 만큼 넓고, 언제까지나 간직할 수 있는 영속성(永續性)이 있어야 합니다. 그리고 사랑은 가슴 설레일 만큼 높고, 전 존재를 내걸 수 있을 만큼 깊어야 한다고들 합니다. 사랑이 지닌 이러한 폭넓음과 깊이를 알고 싶습니다.

고통 없는 사랑을 바라는 나는, 사랑이 무한한 완전성에서 분출되는 것이며, 때로는 영웅적인 것까지도 요구한다는 그 의미를 알고 싶습니다. 내가 생각하는 것을 훨씬 뛰어넘는 큰 사랑이 있음을 알고 싶습니다. 길섶 달콤한 사랑에 멈추고 싶어질 때, 참사랑의 길은 앞으로 끊임없이 나아가야만 하는 것임을 깨닫고 싶습니다.

의타심이 많은 사람은 때때로 불리한 조건을 받아들이게 됩니다.

여린 감성의 소유자는 때때로 마음에 상처를 받게 됩니다. 교육을 많이 받고 많은 정보를 접한 사람은 때때로 환상을 갖습니다.

자신이 정말 누구인지를 아는 사람은 때때로 표면에 잘 나타나지 않습니다. 모든 것을 깨달은 듯 행동하는 사람은 때때로 아무것도 깨닫지 못합니다.

사랑하기 위하여 마음을 활짝 여는 사람은 자신의 정서와 감정을 통해 완전히 마음을 보여 줍니다.

사랑하기 위한 준비가 되었는지, 혹은 사랑하고

있다고 여겨지는 사람이 있다면 진정 사랑하고
있는지 당신은 한 번쯤 생각해 보아야 할 것입
니다.

사랑은 어느 순간에도 감미로운 삶의 신비입니다. 사랑은 기적 같은 것입니다. 언제까지나 그러할 것입니다. 삶의 온갖 형상을 새롭게 변모시키는 사랑은 알 수 없는 오묘함을 지니고 있습니다. 사랑은 나를 희생해 이해와 자애를 베풀게 합니다.

사랑의 빛이 있는 이 세상은 모든 것이 아름답고 찬란합니다. 사랑은 소중하고도 감미로운 삶의 신비입니다.

우리의 자존심은 우리가
그것에 많은 주의를 기울일수록 다치기 쉬워집니
다. 그리고 또 틀림없이 우리는 자존심에 주의를
기울이는 것이 자존심을 지키는 일이라고 잘못
생각함으로써, 자존심을 해치게 될 것입니다. 그
러므로 우리의 자존심을 건전하게 지켜 나가기
위해서는, 내가 아닌 상대방의 자존심을 지켜 주
기 위해 남을 사랑하고 격려해 주는 편이 훨씬 낫
습니다.
우리가 우리 자신을 벗어나게 될수록 우리들 각
자가 느끼는 평화와 안정감은 더욱더 커질 것입
니다.

한때는 세상의 좋은 것들 모두가 한편의 꿈에 지나지 않았습니다. 이 세상의 모든 위대한 인물들은 위대한 꿈을 꾸었습니다. 당신이라고 그런 꿈을 꾸지 말라는 법이 있습니까? 꿈이란 결코 비현실적인 것이 아닙니다. 꿈은 미래의 설계도입니다. 꿈이 없이는 아무것도 일어나지 않습니다.

그러나 꿈을 꾸기만 해서는 안 됩니다. 정신을 똑바로 차리고 당신이 그 꿈을 실현하기 위해 대가를 치를 각오가 되어 있는지 가슴에 손을 얹고 스스로에게 물어봅시다. 자, 그렇게 할 준비가 되어 있습니까?

사랑은 마술사와도 같이 두 사람이 각기 다른 방향으로 걷고 있더라도
항상 곁에서 나란히 걷고 있는 것처럼 느끼게 해주는 것이다.

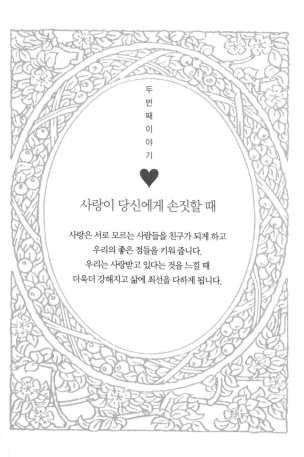

두
번
째
이
야
기

사랑이 당신에게 손짓할 때

사랑은 서로 모르는 사람들을 친구가 되게 하고
우리의 좋은 점들을 키워 줍니다.
우리는 사랑받고 있다는 것을 느낄 때
더욱더 강해지고 삶에 최선을 다하게 됩니다.

우리는 사랑하는 사람들의 내면에 숨겨져 있는 성장 가능성을 찾아 낼 수 있으며, 그들의 마음속에 감추어져 있는 진실들을 찾아볼 수도 있습니다.

우리들의 진실한 격려와 약속은 그들의 성공을 가로막는 장애물들과 맞서 싸울 수 있도록 그들을 도와 줄 수 있습니다. 그리고 우리도 그런 도움을 받게 될 것입니다. 결국 우리는 인생이라는 여정을 함께 헤쳐 나가지 않으면 안 되니까 말입니다.

사회가 필요로 하는 능력을 서로에게서 이끌어내 줄 수 있는 우리는 훌륭한 한 쌍이 될 것입니다. 그러나 혼자 있게 될 때면 우리는 때로 안으로 움츠러들어서 사회에 제공해야 할 우리의 재능을 제대로 발휘하지 못하는 수도 있습니다. 이렇듯 사랑을 표현하는 것은 개별적인 인간들뿐 아니라 사회의 발전에도 도움이 됩니다.

주위에 아무도 없는 세상을 상상하기란 매우 어려운 일입니다. 당신의 이웃은 이 세상에서 가장 소중한 것들 중 하나입니다. 당신 역시 그들에게 소중합니다.

당신의 가족과 친구와 그 밖의 모든 사람들에게 성실합시다. 모든 사람들이 당신의 친구입니다. 한순간의 작은 실수로 친구를 잃는 일이 없도록 합시다.

가끔 사랑을 비웃는 사람들을 봅니다. 그들은 결혼도 비웃습니다. 행복도 비웃습니다. 왜냐하면 그들에게는 마음속 깊은 상처를 받았던 좋지 않은 경험이 있기 때문입니다. 그들은 아름다운 인생의 어떠한 부분도 의심하면서 경계합니다.

이런 사람들의 이야기에 마음 쓰지 마십시오. 사랑이란 행복한 삶을 누리기 위한 필요 조건입니다. 그러니 당신의 온 마음과 정신을 쏟아 사랑이라는 모험을 하십시오. 당신의 모든 것을 걸 만큼 그 모험에는 상당한 가치가 있습니다.

사랑이란 우리가 사랑하려고 하는 주위 사람들을 위한 배려와 그들을 받아들이는 일, 그리고 그들에 대해 관심을 가지는 일을 의미합니다. 다른 사람들에게 우리의 정신과 마음을 진정으로 쏟아부은 후에야 우리는 그들을 사랑할 수 있습니다. 또 우리는 우리 자신을 잊어버려야만 우리를 발견할 수가 있는 것입니다. 사랑은 참으로 가치 있고 필요한 것입니다. 우리가 마음속에 지니고 있는 고통과 가장 인간적인 유산의 한 부분인 크고 작은 상처, 또 자기 중심적인 세상 속에서 살아남기 위한 치열한 경쟁들 때문에 우리는 사랑에 반드시 따라다니는 자아의 희생을 실천하기가 어려운 것이 사실입니다. 사랑한다는 것은 적어도 이러한 자기 헌신과 자기의 생각과 욕구를 다른 사람에게 향하게 하는 일이며, 그것은 언제나 자기애와 자기 이익의 포기를 의미한다는 것을 우리는 알아야 합니다.

삶에는 여러 가지 유형이 있습니다. 당신의 삶에도 하나의 특별한 유형이 있습니다. 당신의 삶에서 은혜로웠던 순간들을 돌이켜봅시다. 그 순간들은 당신 삶의 새로운 전환점들이었을 것입니다.

당신의 삶에 새로운 차원을 더해 준 모든 결정의 순간들을 돌이켜 봅시다. 그러한 순간들을 더욱 의미 있게 만들어 준 사람들과 일들을 소중히 간직합시다.

이것이 바로 당신의 역사입니다. 용기를 냅시다. 당신은 지금 잘하고 있습니다. 당신의 미래를 향해 앞으로 나아갑시다.

당신의 과거를 뒤돌아보았을 때 모든 것이 잘못

되었고 최선을 다한 것조차 실패하고 말았다고 생각된다 하더라도 용기를 잃지 맙시다. 지금 다시 시작합시다. 그러면 어둠 속에서 밝은 빛이 떠오를 것입니다. 언제든지 너무 늦은 때란 없는 법입니다.

우리의 마음은 때로는 소리 없이, 또 때로는 신경질적으로 평안함을 요구합니다. 그러나 만일 우리가 다른 사람들의 마음으로부터 오는 요구를 들을 수 있다면, 우리 자신의 마음은 우리가 간절히 바라는 안락함을 찾을 수 있을 것입니다.

우리가 우리들의 마음속에 조심스럽게 자리하고 있는 다른 사람들을 향해 친밀하고도 따뜻한 사랑의 눈길을 보낼 수 있다면, 우리는 다른 사람들의 마음도 우리들 자신의 마음과 마찬가지로 받아들여지기를 간절히 바라고 있다는 것을 느낄 수 있을 것입니다.

우리는 목표한 바를 다 이루었노라고 절대로 말할 수 없습니다. 우리가 동경하던 것을 찾았다고 절대로 말할 수 없습니다.

무엇을 하든 우리는 목적지에 아주 조금 가까이 갈 수 있을 뿐입니다.

우리는 언제나 우리 자신에 대하여 새로운 질문을 던져야 합니다.

이것은 우리가 우리 자신에 대해 전혀 모르고 있다고 말하려는 것이 아니며, 우리의 용기와 희망을 과소평가하려는 것도 아닙니다. 다만 우리의 생(生)이 다할 때까지 자신을 갈고 닦는 데 그 목적이 있다 하겠습니다.

비록 우리가 목적한 것에 조금 가까이 다가갈 수 있을 뿐이더라도 우리는 항상 새롭게 시작하고 끊임없이 도전해야 합니다.
우리의 마음은 그런 후에야 편안하게 쉴 수 있을 것입니다.

내가 당신을 처음 만나 알게 된 후 당신은 얼마 동안 내 곁에서 멀리 떠나 있어야 했습니다. 나는 당신의 노란 여름 원피스를 떠올려 보았습니다. 우리가 처음 만났을 때 당신은 그 옷을 입고 있었습니다.

그 때 사실 나는 몹시 두려웠습니다. 몇 시간 동안 화젯거리에 부족을 느끼지 않으면서 당신과 이야기를 할 수 있을지 자신이 없었던 것입니다.

그런데 내 염려와는 달리 나는 내가 지금까지 인식하지 못한 내 안에 있는 여러 가지 것들에 대해 이야기했고, 당신은 그것들을 이해해 주었습니다.

나 역시 기쁜 마음으로 당신의 말에 귀 기울이며,

당신이 무슨 이야기를 하고 내 말에 어떤 반응을 보일지 마음속으로 점쳐 보기도 하였습니다. 당신의 감정이 흐르는 소리를 들을 수 있었기에 그 일은 가능하였습니다.

그리고 우리의 첫 만남에서 나는 이미 침묵이 전혀 곤혹스럽지 않고, 오히려 매우 아름답기까지 하다는 사실을 깨달았습니다. 왜냐하면 당신이 나에게 아무런 말 없이 당신과 침묵을 함께 나눌 수 있는 자유를 주었기 때문입니다.

몇 달 전 이 모든 일이 있고 난 후, 우리의 사랑은 성장했습니다. 당신과 함께 있으면 나는 행복감에 젖게 됩니다. 그래서 당신과의 만남이 기다려지는 것입니다.

다람쥐 쳇바퀴 돌듯 일정한 틀에 박혀 분주히 살아가는 동안에 우리는 사랑하는 방법을 잊어버린 것은 아닐까요? 그러나 우리는 사랑이 우리의 주의를 환기시켜 주고, 우리가 나아갈 방향을 알려 준다는 사실을 가끔씩 생각해 보아야 할 필요가 있습니다. 우리가 우리 자신뿐만 아니라 모든 다른 사람들까지도 사랑할 때, 우리는 성급한 행동을 하지 않으며 혼란스러움을 느끼지 않습니다. 사랑은 순간순간 우리에게 삶의 올바른 모습과 생기를 가져다 줍니다. 끊임없이 되풀이되는 삶 속에서 누군가의 사랑을 받고 있음을 느낄 때, 우리는 우리 자신과 그들의 소중함을 생각하며 때로는 고통스러운 순

간에서조차도 새로운 사랑을 할 수 있는 용기를
얻게 됩니다.

낮 동안의 분주한 움직임이 마음의 평화를 깨뜨
려 놓을 때, 잠시 우리의 고삐를 늦추고 조금은
자유로운 마음을 갖고 우리가 사랑하는 사람들을
지켜보아야 합니다. 그리고 그들을 보며 우리는
우리를 사로잡고 있는 것이 무엇인지, 우리의 삶
속에서 의미 있는 것들이 무엇인가를 생각해 보
아야 합니다.

사랑은 아무렇게나 흐트러진 삶 속에서도 아름다
운 음악을 창조해 냅니다. 그리고 누군가에게 사
랑을 줄 때, 우리의 가슴속으로부터 행복한 노래
들이 솟아날 것입니다.

사랑은 결코 이유를 묻지 않으며 아낌없이 주고
도 혹시 모자라지는 않나 걱정합니다. 사랑은 인
내의 한계를 모릅니다. 그리고 사랑에는 믿음의
끝도 없습니다. 사랑하기 위해 먼저 해야 할 일은
믿는 일입니다. 믿기 위해 먼저 해야 할 일은 사
랑하는 일입니다. 다른 모든 것이 사라진다고 해
도 사랑은 영원히 존재합니다. 영원성을 지니지
못한 사랑은 끝을 맺기 마련입니다.
인생의 가장 큰 행복은 나에게 단점이 있음에도
불구하고 나의 장점을 지켜봐 주고 사랑해 주는
누군가가 있다는 확신입니다.

인생길을 걷다 보면, 때
때로 어둠을 불사르는 태양이 자취를 감추고 보
이지 않을 때가 있습니다. 그럴 때는 분발하기보
다는 오히려 참고 기다리는 편이 더 나을 수도 있
습니다. 힘겹게 애쓰기보다는 편안한 마음으로
제자리를 지키는 편이 더 낫습니다. 말로 고통을
드러내기보다는 침묵 속에서 홀로 견디는 편이
훨씬 의미 있을 수 있습니다.

때가 되면 나 자신이 진실 안에서 살고 있었음이
겉으로 드러날 것입니다.

가을의 단풍처럼 다채롭
고 눈송이의 결정(結晶)처럼 섬세한 느낌은 사랑
에 묻어 옵니다. 사랑은 우리들이 서로 손을 맞잡
고 성장을 향해 손을 뻗칠 수 있도록 힘을 줍니
다. 그리고 우리가 서로 사랑을 주고받는 그 다정
한 순간들은 별로 말을 하지 않아도 사랑의 깊은
의미를 느낄 수 있습니다.

우리는 다른 사람으로부터 사랑을 받아야만 우리가 완성될 수 있다고 잘못 생각하고 있습니다.

그래서 우리는 사랑을 위해 싸우고, 사랑을 갈구(渴求)합니다.

그러나 우리는 이기적이지 않은 사랑을 나누어 줄 때만 진실한 사랑을 받을 수 있게 됩니다.

사랑을 받고 싶다면 사랑을 받으려고 하기보다는 먼저 사랑을 주어야 합니다. 이것은 삶의 경이(驚異)들 가운데 하나입니다. 다른 사람을 사랑한다는 것은 우리의 인내심을 시험해 보는 일입니다. 물론 상대방의 사랑을 얻지 못하는 사랑은 두렵고도 괴로운 사랑입니다.

그러나 우리는, 우리가 받을 만한 사랑을 찾기 위해 한 번 더 위험을 무릅써야 합니다.

마음을 활짝 열고 당신의 사랑을 받아들이는 데 평화가 있습니다. 내 가슴은 잔잔합니다. 불안한 걱정을 잠재우고 이제 당신의 뜻을 받아들이겠습니다. 내가 이 시련을 택하지는 않았지만 당신이 하는 일이므로 즐거워하고 싶습니다.

사랑은 내 가슴속의 외침 하나하나를 다 듣습니다. 상처받은 가슴 한 귀퉁이도 그냥 내버려 두거나 지나치지 않습니다. 그 부드러움으로 고통받는 내 가슴을 덮어 줍니다. 사랑은 나를 두려움에서 벗어나게 하며, 모든 죄의 사슬을 끊어 줍니다.

당신의 계획 안에서 나를 슬프게 만들 것은 아무

것도 없습니다. 나를 위해 당신이 선택한 것이라면 기쁘게 받아들이겠습니다. 한숨을 쉬거나 투덜대지 않고 당신의 사랑 안으로 들어가겠습니다. 그 사랑을 통하여 더 풍부한 삶의 세계로 나아가겠습니다. 당신의 사랑은 나를 두려움에서 벗어나게 해주니 마음을 활짝 열고 당신의 사랑을 받아들이는 데 평화가 있습니다.

우리가 잊지 말아야 할 것이 있습니다. 사랑은 주고받는 것입니다. 일방통행일 수는 없습니다. 되돌아와야 합니다.
당신부터 시작하십시오. 내가 아닌 남을 사랑하기 시작하십시오. 그러면 분명 전혀 외롭고 고독하지 않다는 것을 알게 될 것입니다.
그리고 충분한 사랑을 받고 있는 당신을 발견하게 될 것입니다.

사랑은 아무것도 요구하지 않으며, 양보해 주며, 소유하려 하지 않고, 자유롭게 해줍니다. 사랑은 시기하지 않으며, 아름다운 것을 기리어 칭송해 줍니다. 사랑은 낯선 사람들을 친구가 되게 하고, 서로의 괴로움과 아픔을 덜어 주고, 서로의 좋은 점들을 키워 줍니다. 우리가 사랑받고 있다는 것을 느낄 때, 우리는 더욱더 강해지고 우리의 삶에 최선을 다하게 됩니다. 그럴 때 우리는 좀더 겸손해지고 즐거운 마음으로 살아갈 수 있습니다.

누구든지 항상 자신의 행복을 원합니다. 그러나 그것을 찾아 간직하기란 그리 쉬운 일이 아닙니다. 대체로 사람들은 행복이 재물과 명예 속에 있다고 여기기 때문입니다.

당신이 만약 쾌락의 화려한 궁전을 찾아 헤매는 사람들의 부류에 든다면, 황망한 걸음을 멈추고 마음을 열어 주변 사람들의 정겨운 눈동자를 바라보아야 할 것입니다.

다른 사람들에게 행복을 주려고 노력한다면, 어느새 당신은 행복해져 있는 자신을 발견할 것입니다.

당신이 이웃에게 베푼 그 행복은 다시 당신에게

돌아와 당신 위에서 찬란히 빛날 것입니다. 이렇
듯 행복이란 찾아도 얻지 못하는 것이 아니라 저
마다 마음속에 창조하여 이룩하는 그 무엇인 것
입니다.

아침이면 새롭게 깨어나 자신의 주변에 불만의 씨앗을 뿌리는 헛된 생각은 모두 버리도록 합시다. 그러면 사랑은 따뜻한 바람처럼 당신을 찾아옵니다.

삶이란 각자에게 주어진 가장 멋진 선물입니다. 지금 당신이 할 수 있는 일은 당신 앞에 놓인 삶을 갈고 닦아 빛내는 것입니다. 그러는 동안 당신은 불현듯 찾아온 사랑의 힘으로 가끔 마음속에 이는 키 높은 파도 따위는 잠재울 수 있습니다.

기쁨의 약속이나 보답 등 아무런 조건에도 얽매이지 않고 상대방을 있는 그대로 순수하게 사랑한다는 것은 대단히 어려운 일입니다. 그렇기 때문에 우리는 그런 기회가 와도 쉽게 잡으려고 하지 않습니다. 그리고 때로 우리가 누군가에게 사랑을 줄 때에는 우리 또한 그들로부터 사랑받기를 원하게 됩니다.

손상되기 쉬운 우리들의 자아는 우리에게 다가오는 간사한 행동이나 헛된 사랑의 말들에 의해 얼마 동안은 상처입지 않은 채로 남아 있을 수 있습니다. 그러나 우리가 사랑을 흥정하거나 사랑에 조건을 내세우게 되면, 사랑은 결코 우리에게 다가오지 않습니다.

우리가 우리 자신을 생각하지 않고 아무런 조건 없이 그 누군가를 사랑하지 않는 한, 진실한 사랑은 언제까지나 우리 앞에 나타나지 않을 것입니다.

내가 아닌 다른 사람들에게 따뜻한 사랑의 빛을 아낌없이 비출 때, 우리는 신비롭게도 그 사랑의 빛이 우리에게 다시 돌아오는 것을 느낄 수 있습니다. 사랑이 있는 인생의 또 다른 신비함이라고나 할까요.

자기 중심적인 사람들은 자신의 발전을 꾀하기 위해 존재하는 자아 자체를 파괴해 버립니다. 우리가 지닌 좁은 경험의 눈으로는 개화되기 위해 창조된 우리에게 진보를 약속해 주는 다채로운 삶의 모습을 내다볼 수 없습니다. 관심을 가지고 다른 사람들과 사귀는 것이 우리가 배워야 할 것이 무엇인가를 알 수 있는 유일한 방법입니다. 그것은 타인에 대한 열린 마음과 애정을 가지고 관계를 맺을 때에만 가능해지는 것이기 때문에 우리가 항상 안으로만 파고든다면, 우리가 탐구하려는 정신을 풍요롭게 해줄 세상 일들에 관한 여러 가지를 알 수 없게 됩니다. 우리는 때로 주변 사람들의 말에 귀를 기울이지 않거나,

심지어는 그들을 가치 있는 존재로 인정하지 않기도 합니다. 하지만 그들은 우리에게 행복을 발견할 수 있는 중요한 단서를 넌지시 깨우쳐 주는 사람들입니다. 그들의 말에 귀 기울이지 않는다면 우리의 삶은 혼란에 빠져 방향을 잃어버리게 될 것입니다. 산딸기를 번식시키기 위해서는 사이를 띄어 심고 물을 주어야 하는 것처럼, 행복이 무엇인가를 알기 위해서는 우리도 우정의 씨앗을 싹 틔워 정성스럽게 키워 가야만 합니다. 그리고 다른 사람들이 들려 주는 마음의 소리에 귀를 기울이고 열린 마음으로 그들과 함께 어울릴 때, 우리는 자신의 뚜렷한 내일을 멀리 바라볼 수 있을 것입니다.

당신은 멀리 있지 않고 언제나 내 곁에 있습니다. 당신은 나를 비추어 주려고, 나를 용서해 주려고, 내 어깨에 얹힌 삶의 무게를 덜어 주려고, 매일매일의 고독 속에 있는 나를 떠나지 않으려고 바로 여기 있습니다.

삶의 의미를 잃어버렸다면 삶의 참된 이유를 찾아야 하고, 사랑의 의미를 잃어버렸다면 우선 누구를 사랑해야 할 것인지 알아야 하고, 걷는 의미를 모른다면 먼저 어디로 가는지 목적지를 알아야 하고, 어떤 행동에 의미가 없다면 자기가 무엇을 행하고 있는지 살펴보아야 할 것입니다.

당신의 사랑은 나의 아침 햇살이 되고, 모든 어려움을 헤쳐 나가는 길이 되며, 나의 모든 일에 강한 동기가 됩니다. 당신은 내 희망의 담보가 되고, 사랑을 실천하는 힘이 되고, 나의 피곤을 풀어주는 휴식처가 되고, 나의 보금자리가 되어 줍니다.

행복이란 자신에게 속하지 않은
다른 무엇인가를 사랑하는 데서 싹트는 것이다.

세
번
째
이
야
기

♥

사랑은 영혼까지도 변화시킨다

잠시 시간을 내어 주위에 있는 다른 사람들에게
관심을 가져 주고 그들의 이야기를 듣는다는 것,
그것은 그들을 위한 사랑의 표현입니다.
다른 사람들에게도 관심을 가져 주는 애정이 담긴
마음으로 우리의 삶은 풍요로워집니다.

우리가 따뜻한 애정과
정다운 몸짓과 평화로운 마음을 가지고 모든 사
람들과 모든 경험들을 맞이할 때, 우리 앞날은 밝
게 펼쳐질 것입니다.

우리들의 생각을 이끌어 주고 우리들의 행동을
순수하게 해주는 사랑의 감정을 지니고 있을 때,
틀림없이 우리는 삶의 순간순간 즐거움을 발견할
수 있을 것입니다.

그 누군가로부터 '당신을 사랑합니다' 라는 말을 들었을 때, 우리는 어떤 기분이 될까요? 온몸으로 퍼져오는 따뜻함을 느낄까요? 아니면 조금 더 키가 자란 것 같은 느낌을 받을까요? 또는 그것이 우리를 언제나 미소짓도록 만들까요? 사랑의 말들은 우리를 격려해 주고, 우리가 지닌 장점들을 우리에게 일깨워 줍니다. 새로운 마음가짐으로 삶의 방향을 바꾸어 목표를 세우고, 미지의 것들을 알아 내기 위해 노력을 기울이도록 할 만큼 사랑의 말들은 우리에게 용기를 줍니다.

우리가 서로 사랑을 주고받는 것은 삶의 힘겨운 나날들을 여유 있게 참고 견디어 내도록 해 줍니다. 사나운 비바람이 거세게 몰아치는 날에도 사랑하는 사람과 함께 있으면 두렵거나 쓸쓸하게 느껴지지 않습니다. 아무리 힘든 도전일지라도 사랑하는 사람이 우리를 이끌어 주고 성공할 수 있다는 확실한 믿음을 우리에게 심어 줄 때, 우리는 위축되지 않을 것입니다. 우리가 사랑받고 있다고 느낄 때, 우리의 두 눈은 더욱 반짝이며 우리의 삶은 생기로 가득 찰 것입니다.

사랑은 존재를 가능케
하는 힘입니다. 우리가 매일 성취해야 할 과업입
니다.

사랑은 가정에 기쁨과 행복을 심어 주고, 오늘을
보람차게, 내일을 희망 속에 살게 합니다. 또한
사랑은 우주의 신비로운 조화 속에 퍼져 나오는
침묵의 노래이며, 금강석처럼 단단한 삶의 능력
을 캐내는 광산이며, 따스하게 거리를 비추는 햇
빛입니다.

사랑은 매순간 자기를 자기 안에 가두어 버리는
모든 이기주의를 불살라 버리고, 삶의 굴레 속에
파묻어 버린 진솔한 마음의 촛불을 밝히는 일입
니다.

사랑은 인생의 황혼을 감싸안는 한없는 기쁨과
평온함입니다. 내 안에서 육체와 영혼과 생명이
되는 근원입니다.
당신을 사랑하는 사람으로서 세상을 감싸고 싶습
니다. 신선하고 경쾌한 노래가 되어 깊이 잠들어
있는 이 세상을 흔들어 깨우고 싶습니다.

누군가가 우리를 진심
으로 사랑해 줄 때, 우리는 항상 그들의 사랑을
느낄 수 있습니다. 그러나 사랑이 말로 표현되었
다고 하더라도 그 사랑의 말이 진정한 마음에서
나오는 것이 아니라면, 우리는 그 말에 귀를 기울
이지 않습니다. 우리는 그런 사랑의 말을 듣기는
하지만 우리의 마음은 그 사랑을 느끼지 못합니
다. 그리고 마침내는 두 사람 사이의 거리가 점점
더 멀어져 둘은 여전히 외로운 사람들로 남게 됩
니다.

진짜가 귀하면 귀할수록 그만큼 가짜가 판을 치게 됩니다. 거짓된 사랑이 수없이 많습니다. 사랑이라고 여겨지는 숱한 것들이 사실은 알맹이 없는 빈 껍질에 지나지 않습니다. 이것은 의식적으로 속이려는 차원에서뿐만 아니라 더욱 깊은 내면 세계에서도 비롯됩니다. 진정한 사랑은 서로 믿는 것입니다. 반면, 거짓된 사랑은 믿지 않는 것입니다. 사랑하는 사람과 대화를 하고, 사랑하는 사람에게 편지를 쓰고, 사랑하는 사람에게 무엇인가를 해줄 때 혹시 어리석다고 여겨지지나 않을까, 그가 나를 받아들여 줄까 하고 마음 졸였던 적이 우리는 얼마나 많았습니까?

사실 우리는 서로에 대해 충분히 믿지 못하고 있습니다. 신뢰를 선물로 줄 만큼 충분히 그들을 사랑하고 있지 않은 것입니다.

우리는 동정이나 관심이나 시간이나 돈 등을 주는 데는 큰 어려움을 겪지 않지만 오히려 받는 데는 큰 어려움을 겪습니다. 사랑의 선물을 받는 입장에 있다는 사실이 우리에게는 견디기 어려운 고통으로 다가옵니다. 받는 것이 곧 가장 크게 주는 것이라는 지혜를 우리는 미처 깨닫지 못하고 있습니다.

진정한 사랑은 용서를 할 뿐만 아니라 용서를 받아들이기도 하는 것입니다.

용서를 받아들인다는 것은 잘못이나 실수로 인해

자신을 더 이상 자책하지 않는다는 것을 뜻합니다. 왜냐하면 사랑받는다는 것은 완전하려고 하는 가면을 쓰지 않아야 한다는 사실을 받아들이는 것이기 때문입니다. 우리의 사랑은 욕망으로부터 우리의 정신을 어느 정도 떼어 놓을 수 있느냐 하는 것에 비례하여 성숙할 수가 있는 것입니다. 우리의 정신과 우리 욕망의 목적이 다른 사람을 위해 존재할 때, 그리고 우리의 모든 행동이 우리 자신에 대한 관심에서가 아니라 다른 사람에 대한 관심에서부터 나오는 것일 때, 비로소 우리는 진정한 사랑의 성취감을 맛볼 수 있는 것입니다.

어느 시집의 한 페이지에서 다음과 같은 구절을 읽었습니다.
'벽돌담이 감옥이 될 수 없으며 철창이 곧 우리는 아니다!'
그렇습니다. 그것은 사실입니다. 거기에 덧붙여 당신은 이것도 알게 될 것입니다. 당신이 정처 없이 떠돌아다니다가 훌륭한 성을 발견했다 하더라도 그 안의 대리석 기둥과 황금벽이 결코 당신의 가정이 될 수 없음을 말입니다.
가정에는 항상 사랑이 깃들어 있습니다. 그곳에서 우리는 마음 놓고 편안하게 쉴 수 있습니다.

내가 가장 소중히 여기고 가장 가치 있다고 생각하는 것은 코발트 빛의 하늘과 고요한 언덕의 평화로움과 숲 속의 작은 오두막, 그리고 파릇파릇한 잔디 위의 평안함과 새들의 지저귐과 실개천의 속삭임, 소리 없이 흘러가는 구름의 그림자, 비 온 뒤의 활기차고 싱그러운 대지와 꽃향기 등입니다.

그러나 무엇보다 좋은 것은 다정한 벗과 함께 이러한 풍경 속을 걷는 것입니다.

물론 육체적인 아름다움도 중요합니다. 당신이 미인은 아니라고 합시다. 그래도 당신은 당신만의 아름다움을 지니고 있습니다. 당신은 당신이기에 특별한 것입니다.

착한 마음과 남을 사랑할 줄 아는 마음은 아주 평범한 사람들을 매력 있게 만들어 줍니다.

조금도 실망하지 맙시다.

이와 같이 진정한 당신의 아름다움은 언제나 행복한 모습으로 자신이 살아 있음에 대해 기뻐하며, 그 기쁨을 남에게도 나누어 주는 그 마음에 있습니다.

당신 자신의 고유한 아름다움을 인정합시다. 그리고 자신에게 이렇게 말합시다.

'나는 아름답다.'

— 네, 그렇습니다.

당신은 진정 아름답습니다.

사랑은 오직 꿈꾸는 동안에만 영원한 행복을 약속합니다.

우리는 경험을 통하여 사랑의 여러 가지 모습을 보아 왔습니다. 사랑은 때로 기쁨이며, 때로는 열정이고, 또 때로는 웃음과 슬픔 사이의 평온함이기도 합니다. 사랑은 부드럽지만 때로는 가시도 있음을 알아야 합니다.

사랑은 끊임없이 변화합니다. 한 번의 미소는 얼마 동안 사랑의 시간 안에 우리를 가두어 놓겠지만, 위험의 징조는 우리를 움직이게 하고 그 일에 대하여 적당한 조치를 취하게 하고는 다음의 결정을 내리도록 재촉합니다.

내 꿈 속에 있는 당신과
지금 있는 그대로의 당신이 내 안에서 심한 싸움
을 하고 있습니다. 그것은 내가 내 꿈을 버리기
아쉬워하기 때문입니다.

당신이, 내가 바라는 당신과 너무나 다르지 않을
까 하는 두려움으로 인해 나는 있는 그대로의 당
신을 차마 알려고 하지 않는 것입니다.

그러나 꿈에서 깨어나면, 나는 당신이 부질없는
꿈보다는 한결 더 소중하다는 것을, 내가 줄곧 머
릿속에 그리던 흑백 사진보다 당신의 색깔이 훨
씬 다채롭다는 것을, 그리고 내가 상상할 수 있는
그 무엇보다 당신의 힘이 훨씬 강하다는 것을, 끊

임없이 변화를 모색하는 당신이기에 항상 참신하다는 것을 깨닫습니다.
있는 그대로의 당신이 바로 나의 사랑입니다.

우리들이 살아가면서 이룩하려고 하는 삶의 목표나 방향은 다른 사람들에게 우리를 둘러싸고 있는 삶의 틀에서 그들이 얼마나 중요한 사람들인지를 확인시켜 주는 데 있습니다. 그리고 우리들 개개인이 이 삶의 목적을 이루었을 때, 우리가 잘못하고 있을지도 모른다는 두려움과 긴장은 깨끗이 잊혀질 것입니다.

당신을 생각하지 않는 것, 그리고 우리 사이를 생각하지 않는 것은 무척 어려운 일입니다. 그러나 나의 일을 계획대로 완전하게 해내고, 나 자신을 잃지 않는 가운데 당신을 사랑하려면 어쩔 수 없는 일입니다.

당신과 함께 있지 않는 것이 당신과 더욱 가까이 있는 것이 되고, 침묵하는 것이 더 많은 이야기를 하는 것이 되고, 당신을 자유롭게 함으로써 당신을 더욱더 사랑하게 되는 때가 언제나 계속되리라는 것을 나는 알고 있습니다.

나는 어제 당신에게 편지를 썼습니다. 며칠 전 당신이 내게 한 말이 마음에 걸렸기 때문입니다.

나는 편지를 바로 부치지 않고, 오늘 다시 읽어 본 후에 부치고 싶었습니다. 내가 하고 싶었던 말들을 적절하게 적어 내려갔는지를 객관적인 마음으로 바라보고 싶었기 때문입니다.

그런데 편지를 다시 읽고 나니, 내가 지나치게 민감한 반응을 보였다는 사실을 깨달았습니다.

그래서 편지를 찢어 버릴까 하다가 시간을 두고 다시 생각해 보았습니다. 시간이 지났다고 해서 어제 내가 느낀 감정을 당신에게 숨길 필요가 있을까 하고.

그렇습니다. 나는 가능한 한 많은 것을 당신과 함께 나누고 싶습니다. 단지 기쁨과 행복만이 아니라 내 모든 것 전부를 말입니다.

당신은 때때로 당신의 주변 세계로부터 구속되고 짓눌리고 이용당하고 억압당한다고 불평 불만을 터뜨립니다. 그러나 당신은 스스로 구속당하게 내버려 두기 때문에 구속을 받는 것입니다. 당신은 스스로 자신에게 책임을 지우고자 짓눌리는 것입니다. 당신은 스스로 선택하기를 포기하기 때문에 이용당하는 것입니다. 당신은 일을 함에 있어서 다른 사람이 싫어할지도 모르는 결과를 두려워하기 때문에 억압을 당하는 것입니다.

당신은 자신이 아닌 다른 곳에서 원인을 찾으려 하고, 그 누군가에게 책임을 돌리려 하고 있습니다. 그렇게 함으로써 당신은 당신의 그릇된 태도를 바꾸지 않으려 하고 있는 것입니다. 당신은 스스로가 내린 결정에 대해 책임을 지려 하지 않기 때문에 진정한 자유를 누리지 못하고 있습니다.

당신은 배워야 합니다. 구속된 듯한 느낌과 구속되었다는 사실의 차이를, 짓눌린 느낌과 짓눌렸기 때문에 취하는 태도의 차이를, 선택의 기회를 거부한 것과 선택의 기회가 주어지지 않은 것의 차이를 알아야 할 것입니다. 당신이 무한한 자유의 원천을 찾아 자유로워지려면, 먼저 자기 자신을 들여다보아야 합니다.

사랑을 한 번도 받아보
지 못한 처지라면 어떻게 사랑할 수가 있단 말입
니까? 검은색과 흰색 사이에는 언제나 회색이 있
게 마련입니다. 우리는 누구든지 자아에 대한 자
기애로부터 벗어나, 타인의 행복을 위한 진정한
사랑을 가질 수 있는 능력을 어느 정도는 가지고
있습니다. 우리 자신 속에 잠재해 있는 능력을 실
천하는 것만큼 우리는 사랑을 받을 것입니다. 처
음에는 비록 아주 조금만 사랑할 수밖에 없을지
라도 우리는 그 조금만큼 사랑을 받을 것입니다.
그리고 우리가 받은 그 작은 사랑은 우리를 이끌
어서 점점 자라게 할 것입니다.

우리가 가지고 있는 능력이 많든 적든 우리는 사랑의 능력을 발휘하지 않으면 안 됩니다. 필요한 노력과 헌신을 아끼지 않는 한 우리에게 다시 돌아올 사랑이 우리를 키우고 강하게 만들 것입니다. 이러한 자기 헌신에 있어서 한 가지 유의해야 할 것은 우리의 정신이 항상 자기 자신에게서 벗어나 있어야 한다는 것입니다. 또한 우리가 베푼 사랑에 대해서 보상을 생각하거나 요구해서는 안 된다는 것입니다.

누군가를 구속한다는 것은 사랑이 아닙니다. 참으로 일반적인 상식과는 반대되는 이야기지만, 진실한 사랑은 우리를 자유롭게 놓아 줍니다. 진실한 사랑이란, 새로운 경험을 위해 자유로이 떠날 수 있게 해주고 돌아오고 싶을 때는 언제라도 다시 돌아올 수 있도록 용기를 주는 것입니다.

우리는 친구든 사랑하는 사람이든 그들이 우리에게 소중하게 여겨질 때는 소유하려고 하는 경향이 있습니다. 또한, 우리가 그의 가치를 높이 인정하면 할수록 그를 놓아 주려고 하지 않습니다.

그러나 소중한 사람을 잃게 되지는 않을까 하는 두려운 마음으로 인해 그들에게 집착하고 그들의 성장을 가로막는다면, 언젠가 그들은 지친 모습으로 우리 곁을 떠나게 될 것입니다. 또 그럼으로써 우리 자신의 성장까지도 가로막게 됩니다. 그리고 우리는 곧 "무엇이 잘못되었을까?" 하며 괴로움과 슬픔에 사로잡히게 되는 것입니다.

우리가 진정한 사랑을 알기 위해서는 자유롭게 성장하고, 끊임없이 변화를 추구해야만 합니다.

우리가 다른 사람들의 관심을 끌고, 그것을 확인하고 싶어하는 것처럼 다른 사람들도 관심을 끌고 인정을 받고 싶어합니다.

그러나 슬프게도 우리는 우리가 접하게 되는 사람들이나 사건들에 별다른 관심을 기울여 오지 않았습니다.

잠시 걸음을 멈추고 꽃과 어린이와 바쁘고 어수선한 하루의 고요한 순간들을 지켜보겠다는 결정은 우리 스스로가 내려야 할 것입니다.

우리가 잠시 시간을 내어 주위에 있는 다른 사람들에게 관심을 가져 주고 그들의 이야기를 듣는다는 것, 그것은 그들을 위한 사랑의 표현이 되어 줄 것입니다.

우리들 각자의 삶은 다른 사람들에게도 관심을 가져 주는 애정이 담긴 마음을 통해 더욱 밝고 풍요로워집니다.

진심으로 우리는 마음을 다하여 다른 사람의 행복을 빌어 줄 수 있는가? 또한 우리는 정말 남들이 우리를 위해 무엇을 해줄 것인가를 생각하기 전에 우리가 그들을 위해 무엇을 해줄 것인가를 물을 수 있는가? — 진정으로 사랑하기를 원한다면, 우리는 항상 이러한 질문들을 스스로에게 던져야만 합니다.

표현이 없는 음악을 생각할 수 없듯이 표현이 없는 마음은 있을 수 없다.

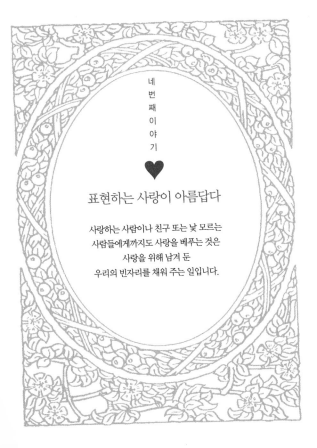

네
번
째
이
야
기

♥

표현하는 사랑이 아름답다

사랑하는 사람이나 친구 또는 낯 모르는
사람들에게까지도 사랑을 베푸는 것은
사랑을 위해 남겨 둔
우리의 빈자리를 채워 주는 일입니다.

인생은 우리가 겪는 것과 마찬가지로 위인들이나 성인(聖人)들에게도 어렵고 힘겨운 것이었습니다. 하지만 그들이 남다를 수 있었던 것은 인생의 높은 벽 앞에서 좌절하지 않았기 때문입니다.

때때로 우리는 인생이 희망 없고 의미 없다고 여겨지는 생각과 싸워야 합니다. 그 싸움이 힘겨울 때, 우리가 자만할 정도로 너무 오래는 말고, 용기를 잃지 않을 만큼 잠깐씩 그들의 인생이라는 무대의 뒷면을 훔쳐봅시다. 겉으로 보기엔 웃음과 기쁨과 행복만이 존재할 것 같은 그곳에도 눈물과 슬픔이 있다는 것을 알게 될 것입니다.

그렇습니다. 그 어느 누구도 예외일 수는 없습니

다. 그것들은 당신이 밟고 선 땅을 더욱 견고하게 해주는 소나기와 같은 것이라고 생각합시다. 용기를 냅시다. 그리고 다시 시작합시다.

사랑의 의미를 배웁시다. 사랑이 당신 삶의 중심이 되게 합시다. 나를 사랑하고, 남을 사랑합시다. 사랑을 어떤 막연하고 냉정한 방법으로 하지는 맙시다. 진정한 마음으로 사랑합시다.

당신이 사람들과 대화를 나눌 때는 상대방의 눈을 응시합시다. 사소한 이야기일지라도 관심을 기울임으로써 그들이 당신에게 소중하다는 것을 알게 합시다.

당신이 애정을 쏟을 사람들을 선택합시다. 그리고 당신이 그들을 사랑하고 있음을 알려 줍시다.

우리는 대부분 자기 만족에만 관심을 두고, 우리가 무슨 일을 하든지 그 것을 우리의 안락과 행복으로 연결시키려고 합니다. 우리는 매우 품위 있고 교묘한 방법으로 이기심을 드러냅니다. 진정한 행복과 만족이란 진실한 사랑을 통해서만 얻을 수 있는 것이므로 이러한 자기 우선주의는 행복과 만족에 절대적인 걸림돌이 됩니다. 만약 우리 자신의 행복과 충족만을 위해 일생을 보내겠다고 결정한다면, 우리 앞에는 실패와 고독만이 있을 것입니다. 우리가 다른 사람의 만족과 행복을 위해 일생을 바치겠다고 결심한다면, 우리는 분명 우리 자신의 행복과 만족을 얻을 수 있을 것입니다.

자기 자신의 만족만을 애써 구하는 사람이나 사
랑을 자기 만족의 수단으로 이용하려는 사람은,
아직 그 사람의 모든 것이 그의 자아에 집중되어
있기 때문에 그런 사랑은 아무런 열매도 맺지 못
할 것입니다. 사람의 성장은 그 사람의 시야가 얼
마나 넓은가에 따라 이루어집니다. 자기 자신만
의 만족과 행복을 얻기 위해서 다른 사람을 사랑
하기로 결심한 사람은 실망만을 맛보게 되고 정
신적인 성숙도 기대하지 못할 것입니다. 왜냐하
면 그의 시야에는 아직도 자기 자신밖에 보이지
않기 때문입니다.

따라서 어떠한 모습으로든지 자신을 만족시키기
위한 수단으로 사랑을 해서는 안 됩니다. 만약 사

랑을 그런 수단으로 생각한다면, 우리는 여전히 허망한 시간 속에 머물 뿐이며, 언제나 채워지지 않는 욕구만을 가진 채 자신 안에서 제자리걸음만 하게 될 뿐입니다. 우리는 타인을 수단으로 이용해서는 절대로 안 되며, 다른 사람을 사랑의 최종 목적으로 삼아야 합니다.

우리는 자기 자신만의 욕구 충족을 원하는 이기적인 사랑이 우리를 압도한다는 말을 들은 적이 있습니다. 그리고 순간적 만남으로 사랑에 빠지는 것을 영화에서 흔히 보아 왔습니다. 또한 자기를 위해 헌신적인 사랑을 아끼지 않는 배우자를 속이고 업신여기는 사람의 이야기도 책에서 읽었습니다. 사랑의 진정한 의미를 알지 못한 채 스쳐 지나는 바람 같은 사랑을 일삼는 사람들의 "일부일처제는 자연 법칙에 어긋나는 것"이라는 외침도 들어 왔습니다. 우리는 사랑을 할 수 있느냐 없느냐는 아름답고 훌륭한 외모와 멋진 승용차를 소유하고 있느냐 없느냐에 따라 결정되어진다고 생각하게끔 은연

중에 세뇌되어 왔습니다.

그러나 우리에게 사랑의 수고로움에 대해 말해 준 사람은 거의 없습니다. 도중에서 그치지 않는, 아니 그칠 수 없는 자기 희생이라는 책임과 우리 감정의 나약함을 다스릴 의지와 우리 이상의 그 무엇이 되려는 노력 속에서도 사랑하기를 멈추지 않으려는 결심에 대하여 말해 주지는 않는 것입니다.

참된 사랑이란 서로의 소망이 이루어지는 것을 축복해 주고, 삶의 방향이 각기 다를지라도 함께 살아가는 것에 기쁨을 느끼며, 멀리 헤어져 있는 동안에도 서로가 성숙해지리라는 것을 의심하지 않는 것입니다. 감정에 치우치지 않는 분별 있는 건전한 사랑의 모습이 어디에 있는지를 알고 있는 사람은 거의 없습니다. 그러나 우리가 우리 개인의 목표나 우리의 공포, 우리의 꿈들에 대해 정직해질 수 있다면, 그리고 또한 사랑하는 사람에게 자신의 정직함을 열어 보일 수 있다면, 그때 우리는 우리에게 다가오는 두터운 믿음과 사랑을 발견할 수 있을 것입니다.

우리에게 주어진 확실한 시간, 그것은 지금 이 순간뿐입니다. 내일은 어떨까, 다음 주엔 어떨까, 그리고 또 내년엔 어떨까 하는 꿈을 꿀 수는 있지만, 그러한 시간들은 결코 보장된 시간이 아닙니다.

그러므로 우리는 우리 자신과 남을 위해 지금 이 순간 충실해야 합니다. 우리와 더불어 오늘을 살아가고 있는 주위의 많은 소중한 사람들 중 어느 한 사람에게라도 진실한 사랑이 담긴 마음을 표현했던 적이 있나요? 사랑을 표현하려는 노력은 어쩌면 작은 것일지도 모르나, 사랑이 담긴 격려의 말을 주고받는 두 사람에게 불러일으키는 반향은 대단히 큰 것입니다.

우리는 친구가 우리의 육체를 위해 먹을 것과 마실 것, 입을 것을 주기를 바라지는 않습니다. 다만 우리는 친구가 우리의 영혼을 위해 그렇게 해주기를 바랄 뿐입니다. 이처럼 우리가 친구를 위해 할 수 있는 가장 좋은 일은 그의 영혼에 도움을 줄 수 있는 친구가 되는 것입니다.

서로 사랑합시다. 우리 사이에 사랑만이 자리하도록 따뜻한 마음으로 서로를 소중히 여기면서 살아갑시다. 그러면 우리는 굳게 뭉칠 수 있을 것입니다.

서로 사랑합시다. 그러나 남이 나를 소중히 여긴다는 것을 확인하고 난 후에야 남을 사랑하려 해서는 안 됩니다. 닫힌 마음의 빗장을 풀고 다른 모든 이를 먼저 사랑하며 소중히 여겨야 합니다.

우리가 손을 내밀면 더
굳게 마음을 닫는 사람에게는 더 큰 사랑으로 다
가갑시다. 어떠한 불화도 꺼 버리고, 어떤 상처도
낫게 하며, 어떤 분열도 화합시키고자 하는 사랑
의 노력을 다합시다. 사랑으로써 서로의 잘못을
용서합시다. 서로 존경하고 진심으로 서로를 받
아들이는 마음으로 사랑합시다.

넓은 마음으로 서로 사랑합시다. 어려움을 서로
나눌 줄 알고 언제나 기뻐할 줄 아는 사람이 됩시
다. 언제나 사랑과 호의에 가득 찬 눈으로 서로를
바라봅시다.

새로운 친구를 사귑시다.

그러나 옛 친구를 계속 간직합시다.

새로운 친구와의 우정은 마치 갓 빚은 술과 같지만, 세월이 흐를수록 그것은 더욱 향기롭고 맑아집니다.

세월의 숱한 변화를 겪으며 성장해 온 우정은 진정 참된 것입니다. 나이가 들어 이마에 주름이 생기고 백발이 성성해져도 우정은 결코 늙지 않습니다.

오랜 옛 친구들과 함께 있으면 당신은 다시 젊어질 수 있습니다.

물론 새로운 친구들도 당신의 마음속에 소중한 우정을 심어 줄 것입니다.

새로운 것도 좋으나 오래된 것은 더욱 좋습니다.

새 친구를 사귑시다. 그러나 옛 친구를 계속 간직합시다. 새로운 친구가 은이라면 옛 친구는 금입니다.

사랑하는 사람이나 친구, 또는 낯 모르는 사람들에게까지도 사랑을 베푸는 것은 사랑을 위해 남겨 둔 우리의 빈자리를 채워 주는 일입니다. 그럼으로써 우리는 표현된 사랑 속에 깃든 따뜻한 애정으로 밝게 성장할 것입니다.

사랑을 베풀 때, 우리들의 마음은 결코 가난하지 않습니다. 그리고 우리는 사랑으로 가득 찬 인생의 길을 단순한 우연이 아니라 신의 뜻에 의해 만나게 된 사람들과 함께 걸어갈 것입니다.

왜 이렇게 세상은 잔인할까요? 서로 미워하는 세상입니다. 전쟁에 휘말려 상처받는 세상입니다. 순진한 어린이들이 죽어가는 세상…… 왜 그래야만 하는지 나는 모르겠습니다. 그런 가운데서 당신을 만났습니다.

당신이 나에게 맑은 물이 흘러 넘치는 샘을 주었기에 나는 심한 갈증에서 벗어났습니다. 당신이 나에게 사랑을 주었기에 혼자라는 외로움의 공포에서 벗어났습니다.

이제 나는 알았습니다. 당신과 함께라면 이 세상은 결코 잔인하지 않다는 것을. 당신으로 인해 사랑을 알았고, 그래도 세상은 아름답다는 것을 알았기에 나는 용기를 갖습니다.

우리는 이 사회라는 틀
속에서 종종 외로움을 느낍니다. 그러나 당신이
만약 자기 자신보다 더 믿고 사랑할 수 있는 그런
사람을 만나게 된다면, 그 소중한 사람에게 일생
동안 우정을 바치십시오.

우리가 특별한 애정이나 호감을 갖고 있지 않는 한, 어린아이에게 새로운 기술을 배워 익히게 한다는 것은 매우 힘든 일입니다. 또 우리의 아내나 남편, 사랑하는 사람이 새롭게 자신의 길을 추구해 나갈 때, 그 길에 동행하지 않은 채 멀리서 그것을 지켜본다는 것은 더욱더 어려운 일입니다. 그러나 상대방이 그들 자신의 삶의 방향과 개인적인 성취감을 찾아 떠나려 할 때, 그들을 진정한 마음으로 도와 주어야만 우리의 사랑은 깊고 진실해질 수 있습니다.

친구나 사랑하는 사람이나 그 누군가가 우리의 곁을 떠난다 할지라도, 그 헤어짐은 우리들의 성장을 위한 밑거름이 되어 줄 것입니다.

사랑하는 사람이 그 자신을 위한 새로운 경험을 위해 떠나는 것을 우리는 두려워하지 말아야 합니다.

가정이든 마음속에서든 사랑하는 사람들을 구속할 때, 우리는 그들의 사랑을 지킬 수 없습니다.

무엇인가가 솟아 나오는 당신의 사랑을 가로막을 때 아픔은 일어납니다. 어떤 이들은 '아픔을 느낄 때까지 사랑하라'고 말합니다. 하지만 나는 '아픔이 멎을 때까지 사랑하라'고 말하겠습니다. 이것은 당신의 사랑이 당신 자신의 일부처럼 느껴질 때 이루어질 수 있는 것입니다.

헤아린다는 것은 한계를 의미하는 것입니다. 그러기에 헤아려 본다는 것은 사랑하는 마음에도 한계를 긋는 것이 됩니다. 진정한 사랑은 눈에 보이지 않는 것이기에 헤아릴 수 없습니다.

비교한다는 것 역시 하나의 헤아림이기 때문에 한계를 긋는 것입니다.

한 사람을 다른 사람과 비교한다는 것은 한계를 긋고 그 사람에게 줄 수 있는 사랑을 제한하는 행위입니다.

이러한 모든 한계를 극복한 사랑은 우리 사랑의 귀감이 됩니다. 그 큰 사랑은 헤아릴 수 없을 만큼 무한한 것입니다. 그러므로 우리는 한평생 그 끝없는 사랑을 향해 나아가야 합니다.

우리는 작고 유한한 인간이기에 무한하고 성스러운 것을 희미하게만 볼 수 있을 뿐입니다. 그러나 우리에게는 사랑할 수 있는 무한한 능력이 있습니다.

그 큰 사랑을 다 알았노라는 망상에 사로잡히지

않기 위해서 우리는 결코 사랑을 헤아려서는 안
됩니다.
당신은 절대로 사랑을 잡아둘 수 없을 것입니다.
유한한 인간인 당신은 결코 무한한 것을 잡을 수
없습니다. 다만 우리는 그저 사랑에 굴복해야 할
뿐입니다.

삶은 우리가 사귄 벗들로 인해, 그리고 그들과 함께 나누고 있는 것들로 인해 즐거운 것입니다. 어쩌면 우리는 우리 자신 때문이 아니라 우리에게 관심을 갖고 아껴 주는 사람들 때문에 그토록 살기를 원하고 있는지도 모릅니다.

자기 외에 누군가를 위해 살고, 그들을 위해 무엇인가를 하는 것이야말로 가장 훌륭한 인생을 사는 것입니다. 그로 인한 모든 기쁨은 결국 참된 우정을 나눌 수 있는 친구를 사귐으로써 얻게 되는 것입니다.

기쁨이 메마르고 실의에 빠졌을 때, 헤어날 길 없는 늪에 빠진 것처럼 삶의 극단적인 상황에 처하게 될 때, 우리는 산다는 것이 가치 있는 일이며 살아 있다는 것이 훌륭하고 아름다운 일이라는 것을 비로소 배우기 시작하게 됩니다.

고통과 슬픔, 실망과 좌절을 통해서 기쁨과 웃음과 사랑을 배워 온 사람만이 깊은 인생의 의미를 파악한 사람이라 말할 수 있을 것입니다.

삶에 대한 경외와 미래의 불확실성에 대한 두려움은 삶의 기쁨과 함께 있는 것입니다.

우리는 누구나 외로움을 느낍니다. 그러나 우리들 중 그 누구도 외로움을 다른 이들과 함께 나누려고 하지 않습니다. 그러나 우리가 우리 자신을 사랑하고 싶을 때, 그 사랑을 다른 사람에게도 나누어 준다면 이 세상은 얼마나 아름다워질까요?

친밀감을 느낀다는 것은 누군가에게 손길을 뻗치는 데서 오는 멋진 선물 가운데 하나입니다. 그리고 다른 사람들과 함께 마치 하나가 된 것 같은 일체감을 느끼고, 그들이 우리의 삶을 얼마나 풍요롭게 해주는지를 깨닫는 것 역시 우리가 다른 사람들과 유대 관계를 맺으려 할 때 우리에게 주어지는 또 다른 선물입니다.

풍요로운 삶은 다른 사람들과 맺은 유대 관계의 크기에 정비례합니다. 자, 그렇다면 우리는 우리들 자신을 다른 사람들과 단절시킴으로써 고독과 외로움을 느낄 것인가, 아니면 다른 사람들과 손을 맞잡고 그들의 상처를 어루만져 줌으로써 사랑이 주는 행복을 경험할 것인가 하는 두 가지 중에서 어느 것을 택해야만 할까요?

당신이 없으면 너무도 외롭습니다. 그러나 나는 그 외로움을 견디어 내겠습니다. 내가 당신 곁에 있으려고 하는 것은 고독에서 벗어나기 위해서만은 아닙니다.

단지 고독을 피하기 위해 만나는 것은 바람직하지 못합니다. 둘이 함께 있더라도 깊은 고독감에 빠지는 일은 가능하기 때문입니다. 둘이 만났다가 하나가 되지 못하고 다시 둘로 헤어지고 마는 것은 모든 것을 함께 나눌 줄 모르고, 자신의 고독에서 벗어나기 위하여 상대방을 이용하려고만 했기 때문입니다.

나는 이별의 시간을 통하여 홀로 있는 법을 터득하고, 홀로 있는 가운데 보다 성숙한 마음을 배워, 다시 만날 당신과 함께 나누려고 합니다. 나는 기꺼이 이 시간을 내 성찰의 시간으로 여기겠습니다.

사랑이 있습니다. 갈매기의 울음 속에서, 떨어지는 마지막 잎새를 뒤쫓는 바람 속에서, 어린아이의 속삭임에서 사랑의 소리를 듣습니다.

동물 형상의 뭉게구름 속에서, 수십 년 묵은 고목에서, 구십이 넘은 할머니의 주름진 얼굴에서 사랑을 음미합니다.

검은 빵 속 달콤한 밀알에서, 한다발의 이름 모를 들꽃의 그윽한 향기에서, 손바닥 가득 떠올린 맑은 개울물에서 사랑의 냄새를 맡습니다.

비에 씻긴 신선한 공기에서, 가을날 포도(鋪道) 위에 겹겹이 깔린 낙엽에서 사랑을 느낍니다.

아, 이제 알겠습니다.
사랑은 언제나 내 곁에서 나와 함께 호흡하고 있
다는 것을 나는 알았습니다.

희망에 기반을 두고 있지 않은 사랑은 생겨날 수도 성장할 수도 없다.

만일 희망이 없다면 그 사랑은 모든 것이 결여되어 있는 것이다.

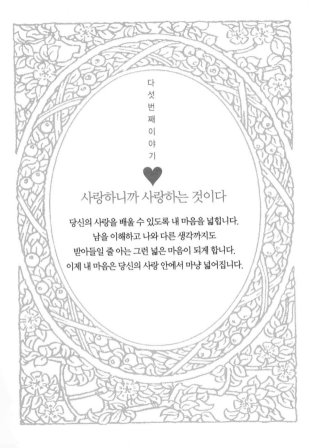

다
섯
번
째
이
야
기

♥

사랑하니까 사랑하는 것이다

당신의 사랑을 배울 수 있도록 내 마음을 넓힙니다.
남을 이해하고 나와 다른 생각까지도
받아들일 줄 아는 그런 넓은 마음이 되게 합니다.
이제 내 마음은 당신의 사랑 안에서 마냥 넓어집니다.

우리는 가끔 우리들 자신의 발전을 위한 노력은 소홀히 하면서 자신보다 나은 사람들과 비슷해지고 싶어합니다.

그러나 그런 생각은 우리들로 하여금 진실한 사랑을 할 수 없게 만들고, 나아가 우리들의 성숙을 방해할 뿐입니다.

우리들 개개인의 특성을 탐구해 나가지 않는다면, 우리는 우리가 지니고 있는 재능을 찾아 낼 수도, 키워 나갈 수도 없는 것입니다. 우리가 지닌 사랑을 가장 진실하게 표현할 때, 우리는 비로소 우리 자신뿐만 아니라 우리가 닮고 싶어하는 바로 그 사람들의 진정한 재능을 발견해 낼 수 있습니다.

지금 이 순간 당신은 진정 행복하십니까? 아니면 먼 과거의 시간을 더듬어야 당신 삶의 행복을 찾아 낼 수 있습니까? 지금 그것을 발견한다면, 혹시 당신은 과거에는 행복하지 않았다고 말할지도 모르겠습니다.

지금 이 순간 행복합시다. 행복이 있을 때마다 그것을 두 팔로 껴안읍시다. 그리고 삶이 우리를 위해 차려 놓은 작은 기쁨의 전율들을 느껴 봅시다. 따뜻한 한 잔의 차와 알맞게 익은 과일들, 기름이 그득한 연료 탱크, 굽이치는 황금 물결의 보리밭, 아름답게 하늘을 물들인 저녁놀, 그리고 당신의 다정한 벗들이 들려 주는 우정의 노래 등 우리 주변에서 쉽게 찾을 수 있는 행복을 놓치지 맙시다.

항상 황금 덩어리를 찾으려고 애쓰지 맙시다. 그 일은 오래지 않아 당신을 지루하고 피곤하게 만들 것입니다. 다만 눈에 보이는 자그마한 금싸라기를 즐기며 삽시다. 그것이 바로 당신의 행복이 될 것입니다.

꽃밭에 씨앗을 심거나
환자를 돌보거나 아이들을 가르치는 등 사랑이
담긴 몸짓을 보여 줄 기회는 얼마든지 있습니다.
왜냐하면 사랑이란 하나의 마음가짐이며 우리들
모두가 지니고 있는, 그리고 또 지니고 싶어하는
감사의 마음에서 우러나오는 것이기 때문입니다.
우리는 정성껏 꽃밭을 가꾸듯이 그렇게 사랑을
키워 나가고 있는 것입니다.

가끔 우리는 사랑했기에 선택했던 대상과 함께 있으면서도 그들에게 상처를 주었던 순간들을 떠올리며 후회하기도 하고 부끄러워하기도 합니다. 그러나 다행스럽게도 우리는 완전해져야 할 필요는 없습니다. 왜냐하면 그 한순간 한순간들이 우리가 새롭게 만나게 될 많은 사람들과 우리의 삶 속에서 겪게 될 여러 사건들을 슬기롭게 대처할 수 있게 해줌으로써 그와 같은 후회를 반복하는 일이 없도록 하는 기회가 되어 주기 때문입니다.

우리는 깨어 있는 순간
순간 삶에 대처해 나가고 있습니다. 그리고 삶에
대처해 나가는 우리의 자세는 우리의 마음가짐에
달려 있습니다.

따스한 햇살이 우리를 감싸고, 꽃향기가 코끝을
간지럽힐 때, 우리는 그리 어렵지 않게 누군가를
사랑할 수도 또 넉넉한 미소를 보낼 수도 있습니
다.

그러나 우리의 태도가 부정적일 때, 우리는 대단
치 않은 일로 화를 내기도 하고 사람들의 허물을
들추어 내어 비난하기도 합니다. 그러므로 우리
는 우리의 눈길이 미치는 모든 대상들을 사랑의
눈길로 지켜보겠다는, 간단하지만 쉽지은 않은

다짐을 해야겠습니다.

우리의 마음이 항상 사랑과 웃음으로 채워져 있는 한, 헤쳐 나가기 힘든 일은 아무것도 없다는 것을 우리는 알게 될 것입니다. 아무리 어려운 문제라도 오래도록 풀리지 않은 채로 남아 있지는 않는 법입니다.

그 누가 즐거운 인생길을 나와 함께 걸어 준다면 그는 바로 기쁨과 환희에 가득 찬 벗입니다. 마음껏 소리 내어 웃으며 즐거운 공상에 젖어 마치 더 이상 바랄 것 없는 행복한 어린아이처럼 벗과 함께 할 나의 인생길은 들판에 만발한 아름다운 꽃들이 길가에도 피어 있는 그런 곳일 것입니다. 한낮에도 하늘의 빛나는 별들을 마음의 눈으로 볼 줄 아는 벗, 하루를 마감하며 조용히 쉴 수 있고, 나와 함께 걸으며 나를 격려해 주고 용기를 주는 벗. 그런 벗과 함께라면 나는 기꺼이 즐겁게 인생 길을 끝까지 걸어갈 것입니다. 폭염 속이라도, 한겨울 뜻밖에 내리는 차가운 빗속이라도 말입니다.

우정이란 상호간의 자비심입니다. 그것은 서로로 하여금 자신의 행복뿐 아니라 상대방의 행복까지도 기원하게 합니다. 이와 같은 애정은 대체로 서로의 기질과 습관의 비슷함에서 생겨나고 유지됩니다.

이러한 두 사람 사이의 진정한 우정은 불후의 것이 될 것입니다.

당신의 사랑을 배울 수 있도록 내 마음을 넓힙니다. 이해관계를 따지지 않고 관대하게 자신을 내어 줄 수 있도록 내 마음을 열어 보입니다. 진정으로 용서할 수 있도록 상처 입은 이 마음을 열어 보입니다. 내가 입을 열 때 모든 대화가 사랑의 나눔이 되도록 먼저 마음을 열어 보입니다.

하나가 되기 위해 모든 노력을 기울일 수 있도록 내 마음이 모든 이에게로 다가갑니다. 그 어느 누구와도 훈훈한 정으로 사귈 수 있도록 내 마음을 열어 보입니다.

남을 이해하고 나와 다른 생각까지도 받아들일 줄 아는 그런 넓은 마음이 되게 합니다. 사람을 소중히 여기는 마음이 식지 않도록 사랑이 흐르는 계곡을 향해 내 마음을 열어 보입니다. 내 마음을 열어 희생을 두려워하지 않는 마음이 되게 합니다.

이제 내 마음은 당신의 사랑 안에서 마냥 넓어집니다.

축복받은 사랑일지라도 때로는 서로에게 화를 내고 상처를 입히기도 합니다. 그러나 사랑한다는 것은 모든 사람들에 대한 이해를 넓히는 것이며, 때로는 우리의 자만심을 조금은 버리는 것이기도 합니다. 그것이 우리의 마음속에 언제나 간직되어 있지는 않을지라도, 스스로 좀더 겸손해지고 건전해진다는 것은 우리가 다른 사람들을 사랑할 때 얻게 되는 가장 큰 선물입니다.

분노라는 것은 뚜렷한 대상이 없는 것이든 불쾌하게 여기는 어떤 일이나 사람 때문에 생겨난 것이든 오후 내내 또는 하루 종일, 심지어는 한 주일이 다 지날 때까지도 우리의 기분을 망쳐 놓습니다. 그러나 우리가 겪는 일을 어떻게 받아들이느냐 하는 것은 모두 마음가짐에 달려 있습니다.

아무리 싫어하는 일이나 사람이라도 우리가 묵시적인 동의를 하지 않는 한, 우리에게서 행복을 빼앗아갈 수는 없는 것입니다.

우리들은 얼마나 쉽게 부정적인 마음을 갖는 것일까요? 우리는 그 잘난 이기심으로 상대방의 사소한 실수도 용납하지 못하고 화를 냅니다. 그러

나 우리는 언제나 부정의 물살에 휩쓸리는 일이
없도록 마음가짐을 바르게 해야겠습니다.

우리는 대부분 마음이 평화로울 때, 사랑으로부터 오는 선물을 꿈꾸며 우리 자신이 언제나 마음으로부터 솟아나는 따뜻함과 웃음과 희망찬 기대로 채워져 있다는 상상을 하게 됩니다. 그러나 우리의 상상력의 시야는 얼마나 좁은 것인지요! 사랑은 우리에게 성장을 약속합니다. 그리고 성장이란 사랑하는 사람과 얼마 동안 헤어져 있는다거나, 앞으로의 방향에 대한 결정을 내리기 위해 말다툼을 하는 과정을 의미할 수도 있습니다. 눈물과 두려움은 우리가 누군가를 사랑하게 될 때 흔히 겪어야만 하는 그런 것들입니다.

모든 경험은, 비록 그 경험이 좋지 않은 경험이라

하더라도 우리에게 도움이 된다는 것을 잊지 말
아야 합니다.

우리는 자신이 감당해 낼 수 있는 만큼만 받아들
일 수 있으며, 우리가 처해 있는 상황에 알맞은
것을 받아들이게 될 것입니다.

잃어버린다는 것에 대한 두려움으로 마음 한 구
석에 아픔을 느낀다는 것은, 우리가 정신적으로
안정되어 있으며 모든 일이 다 잘 되어 가고 있다
는 것을 깨닫게 해주는 것입니다.

누구나 군중심리의 원칙, 즉 정치, 잡지, TV 연속극, 노래 등을 통해서 사랑은 돈으로 살 수 없다는 것을 잘 알고 있습니다. 이 세상에 있는 돈을 모두 준다고 해도 그것은 살 수 없습니다. 더욱이 돈으로 사랑하는 사람을 소유할 수는 없습니다. 물건은 소유할 수 있으나 사람은 소유할 수 없습니다.

사랑을 조작하려는 그 어떤 노력도 사랑의 참모습을 퇴색시킬 뿐입니다. 사랑하는 사람에게 주는 진실한 선물이란, 사랑을 조작하기 위한 것이 아니라 단지 당신이 간직한 사랑을 표현하기 위한 것이어야 합니다. 그러나 사랑의 표현 방법은 그다지 중요하지 않습니다. 표현할 그 어떤 것이 있다는 것이 중요합니다.

사랑은 사랑하는 사람을 소유하려고 하거나 자기 뜻대로 만들려고 노력하는 것이 아니라 그가 자신의 뜻대로 최선을 다할 수 있도록 자유롭게 놓아 두는 배려를 아끼지 않는 것입니다.

"네가 나에게 그것을 준다면 나는 너에게 이것을 주겠다." 이와 같은 말은 진실한 사랑에서 나온 것이 아닙니다.

"나는 아무런 조건 없이 이것을 너에게 주겠다. 너는 나에게 소중하며, 내가 너를 사랑하고, 네가 사랑받고 있다는 것을 알기를 원하기 때문이다." 이런 말이 아니라면 그것은 진실한 사랑이 아닙니다.

이제 당신을 안 지도 여러 달이 되어 처음의 그 흥분은 가라앉고, 그래서 나는 때때로 우리의 사랑이 시들어감을 느낍니다.

그러나 나는 마음속에 새롭고도 확고한, 우리의 허약한 관계의 기복에 얽매이지 않는 사랑이 건재함과 당신에게 가까이 다가가려는 강력한 의지와 주변에서 일어나는 일과는 무관하게 내 삶을 당신과 나누려는 의지가 있음을 깨닫고 있습니다.

이제 사랑의 흥분이 사랑을 위한 노력으로 바뀌게 되니 한없이 기쁩니다. 사랑이 태동하려면 사랑에 안주하려는 자세는 버려야 할 것입니다. 당신을 향한 나의 사랑은 온갖 고통과 함께 자라지만 내 주변 세계를 변화시킵니다.

당신과 함께 거니는 거리가 새로운 모습으로 열리고, 우리가 이야기하는 책들이 새로운 의미를 지니게 됩니다. 또한 예전에는 그저 소홀히 지나치던 사물을 사랑하게 됩니다.

이렇듯 나의 고독은 자취를 감추고, 그 대신 주변 세계와의 새로운 관계가 이룩되었습니다. 당신을 만남으로써 이 세계와 접촉을 시작했기 때문입니다.

나에 대한 하느님의 사랑은 당신의 손길을 통해 드러나며, 나는 당신을 통해서 변하고 있습니다.

우리의 사랑이 진실되고
순수하고 깊어지려면, 우리에게는 차분하고 편안
한 마음, 깊이 생각할 수 있는 침묵이 필요합니
다. 복잡하고 시끄러운 세상의 소음이 내 귀를 멀
게 하고, 과다한 업무에서 오는 스트레스가 나를
괴롭히며, 의미 없는 속세의 경쟁이 나를 매어 놓
습니다.

나는 당신의 도움이 필요합니다. 내 마음 한 구석
에 침묵의 자리를 마련하여 들을 줄 알고 기쁘게
받아들일 줄 아는 침묵, 사랑으로 고통을 나눌 수
있는 침묵, 차분한 마음으로 사물을 바라볼 수 있
는 침묵, 눈으로 본 것을 깊이 명상할 줄 아는 침
묵, 언제나 새로움을 창조하고 언제나 기쁨을 함

께 할 줄 아는 침묵을 잃고 싶지 않습니다.

아침부터 저녁까지 쉬지 않고 돌아가는 레코드가 되고 싶지는 않습니다. 생각할 줄 알고, 귀 기울여 들을 줄 알고, 무엇이든 배우려고 애쓰는 당신을 보면서 나도 자극을 받습니다.

당신은 내 마음을 속속들이 들추어 내지만, 한편으로는 위로하고 격려함으로써 용기를 줍니다. 나의 모든 잘못을 지적해 주고 내 앞에 놓인 이 험난한 삶의 길을 올바르게 걸을 수 있도록 도와줍니다. 나는 당신이 이끌어 주는 이 길만이 나를 참된 인간으로 완성시켜 준다는 것을 잘 압니다.

친구란 마음속의 모든 것을 숨김없이 털어놓을 수 있는 사람입니다. 아무리 사소한 것일지라도, 아무리 부끄러운 것일지라도 그 모든 것을 이해하고 받아들임으로써 부드럽게 위로해 주기 때문입니다. 또한 간직할 가치가 있는 것은 간직하고, 그렇지 않은 것은 상냥한 입김으로 날려 버리기 때문입니다.

우정은 행복한 나날을 더욱 빛내 줍니다. 또한 어려울 때는 고통을 함께 나눔으로써 그것의 무게를 덜어 주고, 나의 고통도 자신의 것인 양 마음 아파합니다.

따라서 우리는 비록 농담일지라도 친구의 마음을 상하게 하는 일은 없어야 할 것입니다.

충분히 노력했다고 생각될 때, 한 걸음 더 나아가 깊이 사랑합시다. 어려움에 부딪쳐 더 이상 그를 위해 노력하고 싶은 마음이 없어질 때, 힘을 내어 내 앞에 놓인 장애를 넘어 더 깊이 사랑합시다.

남을 위해 좀더 힘써야 할 때 편안함을 위해 나의 의무를 저버리고 싶은 마음을 초월하여 더 깊이 사랑합시다. 이기심에서 자신의 껍질 속에 숨고 싶을 때, 그 껍질을 깨뜨리고 내가 먼저 상대방에게 한 걸음 다가갑시다. 부당하게 희생당했다고 항의하고 싶을 때, 더 큰 사랑으로 침묵합시다.

다른 사람의 허물을 들추어 말하고 싶을 때, 마음 속에 사랑을 불러일으켜 화제를 바꿉시다. 남을

위해 희생하고 싶은 마음이 없어질 때, 더 큰 사
랑으로 관대한 길을 택합시다. 사람을 소중히 여
기는 것이 어렵고 이에 대하여 반발을 느낄 때,
핑계를 접어두고 더 큰 사랑을 가집시다.

이렇게 할 때 모든 것이 본디 그대로의 평온을 되
찾을 것입니다.

당신이 두 가지 중 한 가지를 결정해야만 할 때는 50년 후 안경을 쓰고 보십시오. 그리고 그것이 어떤 것이든 자세히 들여다보십시오.

지금으로부터 50년 후를 내다보았을 때, 그다지 문제되지 않을 거라면 지금 크게 문제 삼을 필요가 없지 않을까요? 먼 앞날을 바라보며 일이 이어지게 합시다.

그러나 일단 선택을 할 때에는 다른 사람들에 대한 배려를 잊지 맙시다. 당신이 하찮게 생각하는 일이 그들에게는 매우 중요한 것일 수도 있으니 말입니다.

우리는 때때로 사랑하는
사람이나 친구들과 얼마 동안 헤어져 있게 될 수
도 있는데, 그럴 때면 견디기 힘든 외로움이 우리
의 사랑에 의혹을 품게 할 수도 있습니다. 그러나
우리는 조건 없는 사랑을 함으로써 마음의 평화
를 찾을 수 있을 것입니다.

사랑의 말은 부드럽고 사랑의 영상은 따뜻하지
만, 사랑은 언제나 따뜻하고 부드러운 시간들만
을 주는 것은 아닙니다. 사랑은 때로 우리의 마음
에 상처를 주고 쓸쓸하게 텅 빈 가슴을 안겨 줍니
다. 또한 사랑은 우리를 위로해 주고 마음을 편안
하게 해준다고 생각하지만, 언제나 그런 것만은
아닙니다. 그리고 사랑은 상처를 깨끗하게 씻어

주지만, 그 상처는 때가 되어야만 아물게 되는 것입니다. 그러나 참된 사랑을 알려는 욕구는 언제나 우리를 함께 모이도록 해줍니다.

오늘 당신과 다시 만났습니다. 우리는 함께 거리를 거닐며 이야기를 나누었습니다. 이야기를 나누는 동안 나는 내 안에서 사랑의 여린 새싹이 돋아남을 깨닫고, 가벼운 현기증을 느꼈습니다.

어쩔 수 없이 지난날 우정에서 맛본 실망감과 불확실하기만 한 나의 감정, 결정을 해야 할 때마다 항상 느끼는 나의 미숙함과 어떤 사람도 진정으로 나에게 관심을 가져 줄 거라고 믿지 못하는 불안정한 나를 생각하지 않을 수 없습니다. 그러자 무엇보다 먼저 또 실망을 느끼지 않을까, 또다시 따돌림을 당하지 않을까, 홀로 남지 않을까, 그리하여 남은 생애를 또 다른 사람에게 맡겨야 하지 않을까 하는 두려움이 슬며시 고개를 들었습니다.

이런 까닭에 숨김없이 마음의 문을 활짝 열고, 내가 어떤 사람이며 내가 느끼고 있는 것이 무엇인지를 다른 사람에게 알려 주지 못한 것입니다. 그러나 나는 알고 있습니다. 내가 나의 마음을 다른 사람과 함께 나누지 않는 한 더 이상 관계는 발전하지 않으며, 그렇기 때문에 만남이 시작될 때부터 진정한 노력을 기울여야 한다는 것을 너무도 잘 알고 있는 것입니다.

나는 피상적인 인간 관계보다 훨씬 깊은 것을 원합니다. 나와 내 세계를 변화시킬 수 있는 위대한 사랑의 체험을 원하는 것입니다.

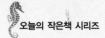
오늘의 작은책 시리즈